Barbaren Conan

Første Delen

Erika Sanders

Barbaren Conan:
Første Delen

Erika Sanders

Serie
Barbaren Conan Vol. 1 til 4

Synopsis

Bli kjent med kvinnene i Conans liv som du aldri har blitt fortalt før ...

Etter nye eventyr og nye triumfer, vender Conan og hans parti tilbake til byen der de nå kaller hjem, Tarantia.

Vil returen få dem til å gå glipp av eventyrene? eller blir det bedre enn forventet?

Denne publikasjonen inneholder bind 1 til 4:
1 - Conan
2 - Zula
3 - Cassandra
4 - Valeria

Ny serie basert på verkene til Robert E. Howard.
(Alle karakterer er 18 år eller eldre)

Merknad om forfatter:

Erika Sanders er en internasjonalt kjent forfatter, oversatt til mer enn tjue språk, som signerer sine mest erotiske skrifter, langt fra sin vanlige prosa, med pikenavnet sitt.

Indeks:

BARBAREN CONAN
FØRSTE DELEN
ERIKA SANDERS

KAPITTEL I
CONAN

Solen skinte på byen Tarantia da den lille gruppen rundet toppen av bakken.

De hvite tårnene, kobberkuplene og minaretene lyste i sollys og ønsket dem velkommen etter deres lange reise.

De siste ukene hadde vært spennende, farlige, ettersom de hadde utforsket tapte katakomber på jakt etter skatter, avverget monstre og onde ånder for å få premien deres.

Faktisk var det myntene som nå bar ryggsekkene deres.

Conan så på kollegene sine, trofaste kamerater i kampene de hadde kjempet, og mange flere før.

Lady Yasimina var lederen for gruppen, til tross for hennes utenlandske opphav.

Hun ble født inn i aristokratiet et sted i sør, bortenfor elven Styx, og var ingenting som adelen i Tarantia eller dens nabobyer.

Det skulderlange blonde håret hennes var blottet i luften, da hun hadde tatt av hjelmen, og de bleke leppene hennes bøyde seg til et smil da hun så byen foran seg.

Hun var kanskje en utlending, men Tarantia hadde også blitt et hjem for henne de siste årene.

Med reisestøvet og varmen fra tidligere kamper, var det nå bare hennes kongelige holdning som markerte hennes edle herkomst, men når de først var tilbake, var det ingen tvil om at hun ville være i stand til å bevege seg blant adelen igjen med letthet på grunn av sin kunnskap om den nødvendige etikette, noe som gjør noen ideell som talsperson for gruppen.

Mye mer enn en barbar som Conan.

I motsetning til Lady Yasimina som var muskuløs og tungt pansret, ved siden av Conan var Valeria, hun var en alve-trollkvinne, kun bevæpnet med en dolk stukket inn i beltet.

Hun hadde på seg reiseklær nå, men i morgen var han sikker på at hun ville være kledd i rike klær som komplementerte hennes skjønnhet.

Like blek og blond som Yasimina, håret hennes var langt, for tiden bundet til en lang hestehale for å avsløre høydepunktene i ørene.

Hun hadde bodd blant skogene på de sørlige øyene store deler av livet, noe som kanskje forklarte hennes merkelige uttrykk da hun nærmet seg byen.

Men hun virket, tenkte Conan, rolig og avslappet.

Kanskje for henne, som alv, var dette bare slutten på nok en reise, en pause mellom reisene, snarere enn en sann hjemkomst.

Zula, den tredje av kvinnene, virket lykkeligst.

Den lille nissen satt fremover på ponniens sal, med blikket festet på byen foran.

Hun hadde allerede gjort en innsats for å stelle seg selv før de kom, børstet støvet av klærne hennes, og selv nå rettet hun den rødlige kappen og strøk en hånd gjennom det korte brune håret.

Han så ut til å forutse hjemkomsten mer enn de andre, og Conan mente at dette ofte så ut til å være tilfelle.

Han visste at nisser var elskere av familie og hjem, og selv om Zula ikke hadde noen levende slektninger som han kjente til, kanskje for henne, var dette hjemmet, stedet hvor hun følte seg mest komfortabel.

Visst var hun innfødt i byen, som ham.

Som vanlig var Snagg den vanskeligste å lese.

Dvergen var stilltiende, som alle hans slektninger, og ansiktet hans viste ingen følelser nå.

Rustningen hans var tung og mishandlet, etter å ha tatt støyten av kampene de siste ukene, og han ville ha blitt skadet eller enda verre, hadde det ikke vært for Yasiminas helbredende magi.

Mørke øyne under tunge bryn var festet på veien foran, fortapt i de tankene dvergene ofte holdt for seg selv.

Conan snudde seg og møtte Tarantia.

Nå var det hjemmet hennes, hvor hun hadde vokst opp og lært hva hun er nå, lenge før hun møtte de andre.

Jeg var ikke i tvil om at han var glad for å være tilbake.

Snart visste han at de skulle ut på eventyr igjen, og han likte de øyeblikkene.

Men byen hadde mange gleder som ble nektet den underveis.

Det var et sivilisert sted, et helligdomslignende sted.

De neste dagene er det mange ting å gjøre.

Han måtte gå på School of Warriors og gjenforenes med vennene sine og følgesvennen og fortsette treningen.

Og i tillegg gjorde han sine meditasjoner i tempelkapellet, hvor han, akkurat der, ba til den guddom som stod hans hjerte nærmest: Muriela, kjærlighetsgudinnen.

Men mest av alt ville hun ha tid til å slappe av, nyte de offentlige badene, den gode maten og vinen, til å prate på markedene og, hvis Muriela samtykket, finne selskap for natten.

* * *

Villaen lå nær vestsiden av byen, ikke langt innenfor muren.

Det var en stor bygning, først kjøpt og deretter renovert med pengene de hadde tjent på eventyr.

Conan og Zula hadde insistert på det; de bodde på vertshus mens de var borte, men de ønsket et sted å vende tilbake til, en operasjonsbase som de virkelig kunne kalle sin egen.

Det tok ham en stund å gjenopprette bygningen til dens nåværende tilstand, siden den var i ganske nedslitt tilstand da de kjøpte den.

Men resultatet var vel verdt tiden og kostnadene.

Sentralbygningen var to etasjer høy, med som mange andre i byen et bredt flatt tak hvor de kunne samles om sommeren.

På hver side var det to fløyer, hvorav den ene inneholdt stallen.

Og mellom fløyene var det en bred gårdsplass, avgrenset fra resten av byen.

For eventyrere kom det naturlig å ha i det minste et visst forsvarsnivå, selv om de var så trygge som de burde være i Tarantia.

Yakin lukket portene da den siste av hestene kom inn på gården.

Han var en ung mann, kompetent i jobben som administrator, men han var ingen eventyrer.

De hadde ansatt ham for et år siden, og innså at noen måtte beholde huset mens de var borte i ørkenen.

— Har de gjort det bra? spurte han: "Jeg ser at ingen av dere er skadet, takk gudene!"

Conan smilte, steg av og klappet den unge mannen på ryggen.

"Ja, vi har gjort det bra. Vi må ta denne skatten til hvelvet og deretter rydde opp. Vi kommer til å kreve bare en lett lunsj; la oss gi dem tid til å hente ferske forsyninger."

Han så på de andre rundt seg.

De hadde også steget av hestene og ponniene og strukket bena etter turen.

Yasimina og Valeria ble med ham for å hilse på Yakin , men Snagg bare nikket i hans retning uten å si noe.

Zula så ut til å være opptatt med sekkene på hesten sin, og så bare av og til i deres retning.

Kanskje hun trodde at noe hadde løsnet...

Conan dyttet tanken fra hodet hans.

"Vi skal fortelle deg alt, akkurat i ettermiddag," sa Yasimina, "men først og fremst gleder jeg meg til et bad og noen rene klær. Og på kvelden, et godt måltid, kanskje? Vil alt være klart "?"

"Ja, min dame," svarte Yakin, "og det har ikke skjedd noe stort mens du var borte, jeg er glad for å si at alt er som du forlot det."

"Så du skjønner," kimet Conan inn, "i kveld, jeg tror jeg har lyst til å gå på en taverna. Bruk litt av de hardt opptjente pengene, og husk hvordan det er å være tilbake i byen! Er det noen med meg ?" "

Snagg nikket og gryntede sitt samtykke, men kvinnene protesterte.

"Nei, jeg tror litt fred og ro ville appellere til meg i dag" svarte Valeria. "Jeg blir her i natt."

"Det vil jeg også," svarte Yasimina, og så mot det siste medlemmet av gruppen, som ennå ikke hadde sluttet seg til dem, "Hva med deg, Zula?"

"Å..." sa dvergen, som om hun var litt overrasket, "nei, nei, jeg tror jeg blir her også. Jeg, eh, jeg tror jeg skal legge meg tidlig, faktisk. Jeg føler meg ganske sliten tross alt." denne gangen camping i telt".

Conan nikket. Det ville kanskje vært greit å tilbringe en natt med et annet selskap en stund, etter å ha vært på reise med de andre så lenge.

"Bare du og meg, da, Snagg ," sa han og la til, "vi skal prøve å ikke være for bøllete når vi kommer tilbake. Men først har vi en ettermiddag foran oss ... og en ung mann å underholde med eventyrhistoriene våre." ikke sant?

* * *

Gold Cup Inn var fullt, som vanlig på denne tiden av natten.

Selv om stedet leide rom, var det like mye en taverna som et vertshus, så da skyggene begynte å bli lengre utenfor, kom mange av de gode menneskene i Tarantia inn for en drink før de dro hjem.

Klientellet var imidlertid generelt respektabelt, så det var liten sjanse for slagsmål eller på annen måte at det skulle skje noe ubehagelig, slik det ofte var tilfelle på tavernaer i andre deler av byen i mindre prisverdige områder.

Dette var grunnen til at Conan likte det, og også fordi moderat velstående besøkende fra utlandet ofte bodde her, så det var også et bra sted å finne arbeid.

Men det var ikke derfor han og Snagg kom hit i kveld.

De hadde hatt nok arbeid for øyeblikket.

Han ønsket å slappe av og ha det gøy, i det minste for én natt.

Han fant et ledig bord, og de satte seg begge ned og bestilte en drink.

Servitrisen, som ikke kunne la være å legge merke til, var pen.

Hun var i slutten av tjueårene, med krøllete, skulderlangt hår fargen på gylden sand, brune øyne og et innbydende smil .

Den kortermede hvite skjorten hennes var lavt snittet, og avslørte rikelig med kløft.

Og huden hennes, fra det jeg kunne se, var vakker og lett solbrun.

"Du er ny," sa han og smilte da hun kom bort med et brett med drinker, "hva heter du?"

«Livia,» sa han enkelt og gledet henne med et smil fullt av vakre hvite tenner.

Mens han gjorde det, la han merke til øynene hennes beveget seg over ham, og tok inn det mørke håret hans, korte skjegget hans, og det han forventet var en rimelig slank, atletisk kropp fra en jobb som ofte holdt ham trenet.

Blikket hennes svevde litt over ørene hennes, litt spiss, og viste hennes halvalvearv.

"Jeg har jobbet her i et par uker, men jeg har ikke sett ham før. Kommer han ofte?"

Han satte et par krus på bordet og så kort på Snagg , men så, da han tilsynelatende ikke så noe av interesse, snudde han seg tilbake til Conan.

"Jeg heter Conan," svarte han, "og jeg bor faktisk i nærheten. Men Snagg og jeg har vært borte i det siste, herfra."

"En eventyrer?" sa hun og hørtes imponert ut, "eller en kjøpmann, kanskje?"

"For det første, og jeg tør påstå at jeg kan ha mange interessante historier å fortelle deg, hvis du har tid."

Snaggs øyne rullet litt ved kommentaren.

Sikkert, for en dverg, var selv dette litt for kastet.

"Senere, kanskje," sa Livia, "det er andre kunder."

Nok et raskt smil, og hun forsvant tilbake i mengden.

"Vel, min venn," sa Conan, snudde seg mot eventyreren sin og hevet kruset, "Til våre nylige seire!"

Og etter hvert som kvelden gikk, byttet de historier om deres nylige eventyr, og en liten gruppe begynte å samles rundt bordet.

Noen av dem, visste Conan, var kontakter og venner som også besøkte denne tavernaen, men noen andre var personer han kjente igjen vagt, i beste fall.

Snagg ble mer mercurial da han drakk mer øl, men krigeren så ingen grunn til å stoppe ham.

Han snakket mer om slagsmål og nesten-døden-eskapader enn rikdom og skatter, og hva var vitsen med å være eventyrer hvis man ikke kunne skryte litt?

Dessuten var oppmerksomheten hans ofte andre steder.

Da Snagg begynte med en historie om å kjempe mot en skyggefull vandød, så Conan på Livia.

Han hadde lagt merke til at han hadde lagt merke til historiene, og øynene hans var mer rettet mot ham enn dvergen, uansett hvem som snakket.

På dette tidspunktet bøyde hun seg imidlertid over for å strekke seg etter en mugge bak stangen.

Det grønne skjørtet hennes falt ned til midten av leggen, så han kunne se lite av bena hennes, men rumpa hennes var godt avrundet.

Hun så for seg det uten skjørtet, hvordan det ville føles i de skålede hendene hennes...

"Og så...?"

"Hmm?" Han snudde seg til Snagg, klar over at han hadde søkt andre steder, og hadde mistet tråden i samtalen.

"Fortell dem hva du gjorde videre," ba han dvergen, "etter at Yasiminas hetteglass hadde falt ned i brønnen."

Han adlød, vendte tilbake til historien og glemte Livia et øyeblikk.

Men så dukket hun opp på den andre siden av bordet og tørket opp en flekker i veien.

Hun lente seg inn mens hun gjorde det, veldig bevisst, tenkte han, og ga en klar, uhindret utsikt over toppen av skjorten og brysthaugene som stakk ut fra kløften.

Han kremtet, "tilbake til deg..." sa han til Snagg .

Livia ga ham det smilet igjen, spasende rundt bordet til hun var ved hans side, og trakk det vakre låret mot hånden hans.

Det kan ikke ha vært en ulykke, så han gled i det skjulte hånden opp, kjente formen på kroppen hennes gjennom det tykke stoffet i skjørtet hennes, og ga baken hennes et lett klem.

Hun sa ikke noe, og alle andre så på Snagg den gangen.

Han så på henne, og hun så opp i taket, i retning gjestgiveriets soverom, og blunket til ham.

Han nikket stille, og så var hun borte, tilbake mot baren og en annen gruppe gjester.

* * *

Conan gikk i det mørke rommet.

Den større månen steg utover og kastet sitt sølvlys over byen, og noe av det rant gjennom det lille vinduet.

Ettermiddagen hadde gått mot slutten, og Snagg var borte og kom tilbake til villaen alene.

Han virket oppgitt over det, ikke spesielt overrasket, men heller ikke bifallende.

Dvergene tilba tross alt ikke Muriela.

Conan hadde allerede kledd av seg til midjen og skled av sandalene, klærne hans var nå brettet på en stol i hjørnet.

Rommet inneholdt bare en seng og et lite bord.

Det var ikke et av de mest elegante rommene på vertshuset, men det gjorde egentlig ikke noe.

Det var ikke noe speil, men krigeren glattet håret ned uansett, og prøvde å se best mulig ut.

Hun kunne høre rengjøring i underetasjen nå som den siste av gjestene hadde gått hjem eller gått opp på rommet sitt.

Det banket stille på døren, og han strakk seg raskt bort for å åpne den.

Livia sto innrammet i døråpningen og holdt et stearinlys på en liten tallerken i den ene hånden.

Stearinlyset lyste opp ansiktet og brystet hennes, det krøllete håret hennes kastet skygger, leppene hennes lett delte og innbydende.

«Jeg begynte å tro at du ikke kom,» sa han spøkefullt, men ventetiden hadde ikke vært så lang.

«Jeg hadde ikke hatt en sjanse,» sa hun og smilte en gang til.

Hun kom raskt inn i rommet, lukket døren godt bak seg og satte lyset på bordet.

Conan beveget seg for å slå den av, men hun strakte seg etter hånden hans og holdt den i hennes.

Huden hans var myk, varm.

«La det stå på», mumlet Livia, og øynene hennes vandret over hans nakne bryst og oppover overkroppen.

Plutselig kuet hun hodet hans med den frie hånden og trakk ham til seg og kysset ham lidenskapelig.

Kysset ble liggende, leppene deres møttes.

Conan la armene sine rundt henne, trakk dem sammen, knuste de vellystige brystene hennes mot brystet hans, bare atskilt av bomullsstoffet i skjorten hennes.

Armene hennes viklet rundt ham, hendene hennes utforsket ryggen hans, og sendte et kribling av forventning nedover ryggraden hans.

De stoppet opp, trakk pusten dypt og så hverandre i øynene, og så kysset de igjen, tungene flettet sammen.

Til slutt trakk hun seg tilbake, og han så på henne igjen og beundret måten brystet hennes reiste seg på.

Han strakte seg ned og tok av den hvite skjorten hennes, førte hendene opp på sidene og løftet den over hodet hennes mens hun løftet armene.

Hun smilte igjen og uttalte den enkle setningen: "Har jeg det bra med deg?"

Det var et spørsmål som egentlig ikke trengte svar; hun var fantastisk.

I stedet for å svare, holdt han brystene hennes i hendene og førte fingrene over huden hennes.

Brystvortene hennes var store og rosa også, allerede harde og piggete da han strøk over tommelen.

Han trakk henne til seg igjen, og de kysset mens han strøk hendene gjennom håret hennes og sporet konturene av nakken hennes.

Han førte henne forsiktig til sengen, vekselvis kysset henne og berørte brystene hennes.

Livia sukket mens hun la seg på ryggen, og han klatret opp på sengen ved siden av henne.

Han kysset haken hennes, og deretter halsen hennes, og beveget seg ned til kragebeinet hennes.

Han stoppet et øyeblikk, beundret formen på brystene hennes, så lente han hodet mot det ene og knipset brystvorten hennes med tungen.

Hun mumlet noe uhørlig, men glad, og han fortsatte, sugde forsiktig og kjørte tungen over den sensitive huden.

Han masserte det frie brystet hennes, for så å skifte.

Det smakte godt, da hans egne hender løp oppover armen hennes, over skulderen og kjente den faste kroppen hennes.

Han så opp, og øynene deres møttes igjen.

"Mmm... ikke stopp" sa hun.

I stedet for å svare, kysset han bunnen av brystbenet hennes, og beveget seg deretter til magen hennes.

Han reflekterte igjen over mykheten i huden hennes og formen på kroppen hennes, godt skissert, men uten harde muskler.

Han strakte seg etter rammen på skjørtet hennes, klatret opp av sengen for å plassere seg mellom bena hennes.

Han trakk skjørtet og bomullstrusen hennes over hoftene hennes, og skled dem over bena hennes for å hvile på gulvet.

Livia sparket av seg skoene og sto naken og hjelpeløs foran ham.

Nakne, så bena hennes like bra ut som han hadde sett for seg nede på tavernaen.

Han førte hendene over lårene hennes, beveget dem sakte opp og kysset hoftene hennes, rett ved siden av haugen av kjønnshår.

Bena hennes var fra hverandre, og han blåste sakte mellom dem, varmen fra pusten hans ertet henne mens hun så på, i stearinlyset, en perle av fuktighet som glitret mellom dem.

"Å ja," sukket Livia, "ja takk..."

Han strøk tungen over spalten, så skilte han leppene sine, og undersøkte det varme, innbydende kjøttet til fitten hennes.

Livia gispet av fornøyelse, hoftene vrir seg lystende mot lakenet.

Conan la hendene på bunnen hennes og fortsatte å suge og slikke, og flikket tungen mot kliten hennes.

Livia stønnet lavt nå.

Han senket en hånd for å stryke over håret hennes, og løp langs det spisse omrisset av venstre øre.

Han så opp og så de fantastiske brystene stige og falle mens pusten hennes ble tyngre, mer opprørt.

Hun gikk tilbake til oppgaven sin, nå satte hun en av fingrene inn i fitta hennes mens hun fortsatte å slikke den.

Mens han lekte med klitorisen hennes, stønnet hun, flyttet seg litt under ham, så han gjorde det igjen, og gjorde stønnene hennes til lidenskapelige gisp.

Han reiste seg og beundret nok en gang skjønnheten til jenta foran ham.

Livia støttet seg opp på albuene, svetten drypper nå nedover ansiktet hennes og svir en lås over pannen hennes.

Blikket hans gikk over kroppen hennes, da han nok en gang satte seg på sengen ved siden av henne.

"Du likte det, ikke sant"

Han ertet henne og fikk et kyss i retur.

Han strakk seg opp for å kjærtegne et av brystene hennes igjen, mens hånden hans gled nedover siden hennes.

Hun trakk i beltet, løsnet snoren med litt problemer, og skled dem over lårene.

Han tok av seg trusa, og hånden hennes fant hanen hans, strøk langs dens lengde, førte fingeren hennes over tuppen, børstet knoppen.

Han kysset hennes nærmeste bryst igjen, sugde på brystvorten, slikket den, mens hans egen hånd kjærtegnet hans ereksjon.

Han undret seg igjen over den myke berøringen hennes, som bare så ut til å drive ham til større ekstase.

Hun gned hanen hans mot det våte håret i skjeden hennes, og han så opp og møtte hennes bedende blikk.

Han svingte benet og gikk over henne, vekten hans presset ned på brystene hennes.

Hun ledet ham inn mens han stakk dypt inn i hennes innbydende fitte.

«Å guder,» mumlet hun, tok den ene armen bak nakken og slengte seg i buksen med den andre hånden mens hun fortsatte å vugge frem og tilbake.

De peset nå, gleden vellet opp inni ham mens han stakk om og om igjen inn i kroppen hennes.

De kysset, mens han masserte et av brystene hennes, og hun kjørte en finger rundt øret hans.

Han stoppet et øyeblikk, og ville ikke at begivenheten skulle avsluttes for tidlig.

De brune øynene hennes var levende, glitrende i levende lys, og smilet hennes var like smittsomt og innbydende som alltid.

Han begynte å bevege seg igjen, kjente at hoftene hennes presset mot ham, hånden hans grep mer om baken hennes nå, brystene hennes dryppet av svette mens de hovne rosa brystvortene hennes fortsatte å danse.

Livia skrek da han kom, og tok ham til seg mens hennes egen orgasme plaget kroppen hennes.

Selv Conan hadde ikke forventet at hans første natt tilbake fra eventyret skulle bli så hyggelig...

KAPITTEL II
ZULA

27

Zula lukket soveromsdøren bak seg, og lente seg mot døren et øyeblikk, plutselig nervøs.

Han hadde unnskyldt seg fra samtalen på kvelden da Yakin hadde dratt for å fullføre sitt eget nattarbeid.

Hun hadde påstått tretthet, men sannheten var en helt annen.

Hun tok den magiske krystallkulen ut av vesken og holdt den i hånden mens hun så på den mens hjertet banket.

Da han fant den, begravd i søppel nær baksiden av et underjordisk kammer, hadde han i utgangspunktet planlagt å overlevere den til de andre, som enhver del av byttet fra gruppens skatt.

Men det var før hun skjønte hvor nyttig det ville være, og nøyaktig hva hun kunne gjøre med det...hvis bare de andre ikke visste at hun hadde det.

Han følte seg skyldig for å ha gjort det, spesielt når han tenkte på hva hans egentlige motiv hadde vært.

Kanskje han burde ha fortalt dem det, og så hevdet det som sin del av byttet.

Det var mye lettere hvis de ikke visste... men på samme måte ville det være ekstremt pinlig om de fant det ut.

Men det var allerede for sent for det.

Han hadde krystallkulen i hånden og det var ingen vits i å ta den hvis han ikke hadde tenkt å bruke den.

Det ville være den verste av begge mulighetene.

Hun pustet for å roe seg selv, skled låsen på innsiden av døren, lukket den og satte kursen mot sengen.

Han tok av seg jakken, la den til side, satte seg på sengen og tok også av seg støvlene.

Som nisse elsket han komfort, og sengen føltes allerede innbydende.

Hun la seg ned, oppå dynene, kjente på det myke materialet deres med bare tærne, og la hodet dypt på puten.

Så da hun allerede følte seg litt mer avslappet, spredte hun den lille magiske kulen foran seg.

Hun visste selvfølgelig hvordan hun skulle aktivere ting, etter å ha sett det gjort en gang før, for flere år siden.

De var nyttige redskaper, men sjeldne, og det var bare lykken hans som gjorde at en kunne gli i hendene hans.

Hun stirret på kloden, vekket den til live, og presset den deretter forsiktig mot det ene lukkede øyet.

Glasset begynte å lyse, og en disig lysskive dukket opp foran henne.

Han åpnet hånden og ballen begynte å stige, og etterlot kloden bak, fortsatt festet foran ansiktet hans.

Han kunne se former dannes i disken: et bilde av det mørke rommet hans sett fra krystallkulens perspektiv, ikke hans egne øyne.

Et magisk øye, faktisk, tenkte han.

Nå måtte han bare tenke på hvor han ville at han skulle gå, og håpe at ingen så ham.

Den var så liten at ingen ville gjøre det, så lenge hun var forsiktig.

Nå kunne hun se hvor hun ville, uten at noen visste det... og det var spesielt ett sted hun absolutt ville se på.

Hun ønsket at øyet skulle flyte ut det åpne vinduet og ned til første etasje, hvor det gled gjennom en annen åpning.

Plassen var for trang til at en person kunne passe inn på grunn av metallgrillen over vinduet, men ikke for noe så lite som dette øyet.

Han rettet blikket mot hovedrommet, der han hadde forlatt de andre, og lot det henge rett over døren, i skyggene nær taket.

Huset ble kun opplyst av noen få fakler her og der, og etterlot mange mørke flekker.

Gjennom døren kunne han se Yasmina og Valeria, som allerede så ut til å trekke seg tilbake, og tilsynelatende bestemte seg for at det ikke var noe annet de kunne gjøre i kveld, med mindre de ønsket å vente på Conan og Snagg.

Han ventet på det rette øyeblikket og holdt øyet der det var, til de startet opp trappene, og flyttet det deretter sakte ned i gangen, mot en av bakdørene.

Det magiske synet av stedet var ekstraordinært, nesten som om hun selv sto der, eller rettere sagt svevde i luften, rett under taket.

Detaljene var like skarpe som hans eget syn, og med nesten samme synsfelt.

Men det var bra at hun var i et mørkt rom, for skyggene som viste seg på disken foran henne ville ha tilslørt alt hvis hun selv sto i lyset.

Nesten umiddelbart etter å ha gått inn i den bakre korridoren, så han målet sitt: Yakin.

Yakin var selvfølgelig et menneske, og der lå tragedien.

Han var en kjekk gutt, noen år yngre enn henne, men gammel nok til å være hennes type, og moden nok til å interessere henne.

Han ville ha blitt litt av en nisse, med sitt utseende, det lysebrune håret og den rette nesen.

Men det var det ikke, noe som betydde at det alltid ville være en kløft mellom dem.

Mennesker blandet seg ofte med alver – Conan var et levende bevis på det – men aldri med nisser.

Forskjellen i størrelse var en for stor hindring for deres oppfatninger og, hvis hun var ærlig, også for de fleste nisser.

Hun var tre fot to tommer høy, helt rimelig for en gnaget kvinne, men mot et menneske som Yakin ... vel, hvis hun måtte være ærlig, var problemet hva som var i skrittet hennes, som ville være for stort for henne.

Det var synd, det var det virkelig.

Hvis det bare var en måte å krympe ham til størrelse, så han kunne ta henne som en vanlig kvinne.

Det var ikke det at hun så ut som en jente på noen annen måte; brystene og hoftene gjorde henne like velskapt som enhver kvinnelig kvinne.

Dvergene var annerledes, med sine tykke kropper og forkrøplede lemmer; selv om et menneske var på størrelse med en dverg, ville det være usannsynlig, mente han, å finne en attraktiv.

Og hvis hun var en dverg, ville hun sannsynligvis ikke sett noe i Yakin.

Men det var han ikke, og sannheten var at han var en attraktiv ung mann, og alltid omtenksom og hjelpsom.

Hvor mange ganger hadde hun ligget i akkurat denne sengen og tenkt på ham?

Hvor mange ganger hadde hun sett for seg ansiktet hans de siste dagene, mens hun ventet til hun kunne være i nærheten av ham igjen?

Hvor mange ganger hadde hun fantasert om ham, forestilt seg at han på en eller annen måte krympet ned til hennes størrelse, og hva de kunne gjøre sammen hvis han var det?

Men det ville hun ikke gjøre i kveld; hun ville bare se på ham, vel vitende om at hvis han visste hva hun følte, ville ting bli desperat ubehagelig.

Fordi han var et menneske, og han kunne aldri gjengjelde hennes følelser, hennes ønsker.

Så hun lå på sengen og så ham lukke skoddene og slukke faklene, og forberedte villaen for natten.

Hun skjønte at hun, med skoddene lukket, måtte gå ned igjen etter at han hadde lagt seg, og åpne vinduet for å slippe blikket inn på rommet hennes igjen.

Men for øyeblikket var hun glad for å se ham.

Etter en stund, tilsynelatende fornøyd med pliktene sine for natten, gikk Yakin gjennom en sidedør.

Zula skjønte umiddelbart at dette ikke var veien til boligen hennes.

Faktisk, skjønte hun, hoppet nesten hjertet hennes ved tanken, det var døren til badet!

Byen Tarantia ble bygget på varme kilder, noe av grunnen til dens eksistens.

Villaen, som mange andre i hele byen, hadde sitt eget bad, fylt med naturlig varmt vann.

Selv hadde hun brukt den tidligere til å vaske bort reisesmuss og -støv, hennes første ordentlige bad på over en måned.

Ubevisst, og glemte beslutningen fra en stund før, flyttet hun venstre hånd mot brystet, kjærtegnet den gjennom det rødlige stoffet på kappen.

Brystvortene hennes stivnet ved berøring.

Skulle Yakin bare dit for å fikse noe, eller...?

Hun slengte øyet gjennom døren bak ham, og kastet det mot taket.

Yakin snudde seg plutselig, så bak ham, og gikk deretter ut døren.

Hadde han sett øyet?

Hadde han flyttet den for fort?

Zula var lam nå, og turte ikke å bevege seg, som om han på en eller annen måte kunne se henne, og ikke en flytende krystallkule.

Men det unge mennesket ristet på hodet, og så tilsynelatende ingenting, og kom tilbake til rommet og lukket døren bak seg.

Han hadde vært nær, men det virket som hun hadde klart å holde øyet ute av syne.

Nå turte han imidlertid ikke flytte den fra det nåværende stedet nær taket, vekk fra de to lampene som lyste opp i rommet.

Hun kunne ikke risikere å mistenkeliggjøre ham igjen.

Yakin tok frem et av håndklærne og plasserte det i nærheten av badet.

Hun skjønte at han virkelig skulle ta et bad, og hennes opprinnelige plan forsvant fullstendig fra tankene hennes.

Hun ville bare se ham jobbe, helt til han slo av lampene og kastet huset ned i mørket, men nå var det annerledes.

Hun gned venstre hånd over brystet igjen, krøllet stoffet over det, kjente spenningen da hun gled den andre hånden til å hvile på innsiden

av låret, og kjente det myke skinnet i stroppene presse mot kjøttet hennes
.

Hun pustet inn, sukket av forventning, øynene ble store.

Yakin trakk av seg tunikaen og bøyde seg for å løsne skoene.

Til tross for alt hun hadde prøvd, hadde hun aldri sett ham i en tilstand av delvis nakenhet før .

Han skjønte at han egentlig ikke engang visste hvordan en naken menneskelig mann så ut.

Hvor like ville de være alver?

Ut fra det han hadde sett så langt, var det ingen forskjell.

Yakin var moderat godt bygget, den lyse huden hans var feilfri og glatt, et lett hårbelegg på øvre bryst, men veldig lite.

Fysikken hans var som hun alltid hadde forestilt seg ham, trim, men ikke for muskuløs, magen flat.

Hun så ned i midjen mens hun begynte å famle med lissene som holdt oppe hennes eget antrekk.

Og så snudde Yakin seg.

Det var ikke ryggen hans hun ville se, men nå hadde han ryggen mot henne, og plasserte skoene og tunikaen forsiktig på benken foran seg.

Hun turte ikke bevege øyet for å se bedre, og bare stirret på ham, ute av stand til å gjøre noe med situasjonen.

I en jevn bevegelse fjernet Yakin de lange strømpene, og dro deretter ned bomullsshortsen hun hadde på seg under.

Baken hans var fast, velformet, den typen hun likte.

Men hun ville se mer.

Hvorfor tok det så lang tid?

Med et frustrert grynt strakte hun seg ned med venstre hånd, delte tunikaen fra hverandre, strakte seg innover, så klemte hun den nakne brystvorten.

Blondeknutene løste seg, og hun gled den andre hånden inn i trusa, kjørte fingrene over kjønnshåret og ned til spalten mellom bena.

Fitta hennes verket av lyst, men hun tvang seg selv til å stoppe, stille undrende.

Måtte han virkelig?

Ja.

Det ville han absolutt.

Yakin snudde seg tilbake til badekaret, stående foran det, splitter naken, med alt interessant i sikte.

I det øyeblikket skjønte han at han ikke engang hadde tenkt på hvilken av de to mulighetene han egentlig ville være sann.

Hadde han forventet at, til tross for menneskets store størrelse i andre henseender, ville hans penis være på størrelse med en nisse, og gi ham håp, om enn fjernt, i håp om at han en dag kunne velge å plassere den mellom lårene?

Eller hadde han i all hemmelighet håpet, i et mørkt hjørne av sinnet hans, at mennesker ville være proporsjonert som nisser på alle måter, og gjøre hanen hans like stor og kraftig som resten av ham?

Det var nå helt klart at den siste muligheten var den virkelige.

Hun hadde aldri sett et nakent menneske før, men hun hadde sett nakne goblinmenn, og i alle hans proporsjoner lignet Yakin absolutt på en.

Hvor stort betydde det for penisen hans, spesielt når han var helt oppreist?

Nå var han ikke oppreist og han virket enorm, hvor stor ville han være når han var ferdig reist?

Hvor mye lenger hadde dette knust håpet hennes om å eie ham?

Akkurat nå brydde hun seg ikke.

Med venstre hånd som kjærtegnet brystet, satte hun en finger mellom fitteleppene.

Han var veldig våt, varm, sår av berøringen hennes.

Hun trengte å komme seg løs, og hun trengte det snart.

Fingeren hans strøk klitorisen hennes, og hun gispet da hun opplevde en plutselig bølge av nytelse.

Hun trengte ham så sterkt at det gjorde vondt.

Ja, hun hadde onanert mange ganger før, og tenkte på Yakin, men det hadde aldri vært slik.

Bildet av ham naken før badet var et bilde hun helt sikkert ville ha i tankene hennes for alltid.

Det virket som en evighet, men det kunne neppe gått lang tid før han gled ut i det varme vannet i badekaret.

Ser nå etter den duftende såpen og pimpsteinen som hun selv hadde brukt den kvelden.

Vannet var rent og klart, og ga henne utsikt over hele kroppen, forvrengt av bølgene, men mer enn nok til å gi næring til fantasiene hennes.

Hun gled fingeren inn og ut av fitta, fant en rytme, kjente den glatte våten av kjønnet hennes.

Så, og så en gang til på gjenstanden for sin hengivenhet, gjorde han noe han aldri hadde gjort før, og stakk inn en andre finger.

Han begynte å pumpe, dunket hardere, pusten hans fillete, rykket i brystvorten hennes med den andre hånden, vri den mellom tommel og pekefinger.

Hun ønsket Yakin så mye, men dette var alt hun kunne gjøre for å føle at han kastet henne inn i sengen hennes.

Fingrene hennes jobbet hardt mens hun tvang dem dypere, og forestilte seg den enorme kuken helt oppreist, og jobbet seg inn i den ivrige fitten hennes.

Ser for meg de faste bakene som hamrer inni henne med økende kraft.

Han stupte en tredje finger inn i hennes begjærlige lidenskap, og fant den stram, nesten smertefull.

"Jeg kunne knulle deg, jeg vet at jeg kunne..." gispet hun, og skjønte plutselig at hun hadde snakket høyt.

Så traff klimakset henne, og hun bøyde seg fra sengen, den lille kroppen hennes krampet sammen mens bølger av orgasmer slo over henne, slående i sin voldsomhet, og blendet til og med synet av den nakne mannen i lysskiven foran henne.

KAPITTEL III
CASSANDRA

Skinnstøvler med myke såler ga liten lyd da den mørke, hettefiguren gikk langs en mørk bakgate.

De nærliggende husene var store, noen av de mest overdådige i Tarantia, mange av dem opplyst av lanternelys innenfra på denne tiden av natten.

Selv om det ikke var for mørket utenfor, ville lite av figurens trekk vært synlige, kledd under den lange hettekappen.

Figuren så seg rundt for å være sikker på at ingen så på, men gaten var øde.

Han nærmet seg bakdøren til et av husene og banket forsiktig.

Etter en lang pause åpnet døren seg litt og et menneskeansikt tittet ut.

Tilsynelatende fornøyd med den besøkendes identitet, åpnet mannen døren bredere og skikkelsen forsvant inn.

Det indre rommet var dystert, kun opplyst av lysekronen som tjeneren holdt.

Cassandra trakk tilbake hetten på kappen og avslørte et pent, men likevel alvorlig ansikt med blek hud og skulderlangt brunt hår.

Men hans opphav var umiddelbart tydelig, og det samme var kanskje grunnen til å skjule.

Rett under håret hennes var tuppene av to små svarte horn, og øynene hennes glødet i stearinlyset som to mørke granater, en definitivt unaturlig rødlig fargetone.

"Jeg vil informere din frue om din tilstedeværelse," sa mannen, tilsynelatende ikke på noen måte på hennes avslørende utseende, "og vær så snill å vent her."

Han sa det, dro, tok med seg lyset og kastet rommet ned i nesten totalt mørke.

Det betydde lite for Cassandra, selv om hun ikke ante om mannen hadde innsett det eller ikke.

Hun var en halv-demon, blodet hennes flekket av selve helvetes mørke.

De fleste av forfedrene hennes hadde selvfølgelig vært mennesker, men en av hennes tippoldemødre hadde forpliktet seg til en natt med urolig utskeielser med en demon, og forlot oldefaren som et resultat.

Han visste ikke eller brydde seg om de nøyaktige detaljene, enn si hvordan hans helvete-rørte linje hadde strukket seg over generasjoner, men den helvetes flekken i blodet hans ga ham noen fordeler fremfor mer verdslige mennesker.

En av dem var en stor evne til å se i mørket som ville ha utfordret selv en katts syn.

Dette var, konkluderte han, et venterom for besøkende som det ikke var klart for henne at eieren av huset ønsket at andre skulle se ved ankomst.

Handelsmenn for det meste, sannsynligvis, men også slike som henne.

Rommet hadde lite dekorasjon, og bare ett vindu, som var tett lukket.

Her var det et par stoler, begge funksjonelle, men ikke dyre nok til å virkelig passe huset.

Det eneste preget av karakter var i gangen bortenfor, stående på en liten sokkel.

Det var en statuett, støpt i bronse, som viser en satyr med en usannsynlig stor fallus, som driver med å knulle en liten nymfe.

Munnen til nymfen var åpen, skrikende, men statuetten var for tvetydig til å si om billedhuggeren hadde tenkt at den skulle være til glede eller smerte.

Som hun mistenkte var ganske bevisst.

Uansett virket det som en merkelig ting å ha i gangen.

Mannen kom tilbake etter en ventetid som sikkert var ment å sette henne på plass, men ikke lenge nok til å være virkelig ubeleilig.

«Hennes frue vil se deg nå,» sa han og gestikulerte at hun skulle følge etter.

Han ledet veien gjennom en gang som, bortsett fra sokkelen og dens figur, så ut som et hvilket som helst annet dyrt og overdådig hus.

Han lurte på om bronsestatuen hadde blitt plassert der for hans egen fordel, og i så fall hva var budskapet den skulle bære.

Kanskje hadde han bare tenkt å gjøre henne urolig, men i så fall hadde han mislyktes.

Det skulle mer til enn det for å overraske en halvdemon.

Til slutt kom de til en dobbeltdør i tre utskåret med et abstrakt basrelieff, som mannen åpnet for å indikere et lysere rom utenfor.

Han gjorde en gest for at hun skulle komme inn, og så snart hun gjorde det, bøyde han seg lydløst for rommets beboer før han gikk tilbake og lukket døren.

Dameskapet hennes var tydeligvis en pervers.

Tapetene hang på tre av rommets fire vegger, og skjulte eventuelle andre dører eller vinduer som kan ha vært.

Den eneste nakne veggen var den som inneholdt døren som de nettopp hadde gått inn gjennom, og som holdt lyse lykter med lampetter som kastet lys over rommet.

I tillegg var det to stoler og et lite bord med det som så ut til å være en flaske vin og et glass.

Hvis hun skulle sitte i den tomme stolen, ville bordet være utenfor rekkevidde, men enda viktigere, bare de tre veggene med veggteppet var synlige.

Og uansett om figuren i gangen kan ha ment å gjøre henne ukomfortabel eller ikke, kan sikkert billedvev.

Hver av dem viste en nattlig hage, fylt med nakne kropper engasjert i grafiske og eksplisitte seksuelle handlinger.

De varierte fra lidenskapelig til bisarre og til og med brutale.

I tillegg til mennesker og alver, så ut til at beastmen og halvdemoner var fremtredende, og mange av parene var av samme kjønn.

Ingenting av dette hadde noe å gjøre med hvorfor hun ble invitert hit, og tankene hennes begynte å formulere rømningstaktikker, bare som en forholdsregel.

Lady Gedren satt i den største av to tronelignende stoler polstret med rødt tøy.

"God kveld," sa hun, stemmen hennes glatt som silke, "sett deg."

Cassandra hadde allerede gjort leksene sine, før hun kom, om kvinnen foran henne.

Lady Taramis Gedren ble sjelden sett i de sosiale kretsene til den lokale adelen, og med god grunn: hun var selv en mørk alv.

Så langt Cassandra kunne fastslå, hadde hun blitt utstøtt fra sitt eget samfunn av en eller annen grunn, og hadde slått seg ned her og bygget formuen sin gjennom merkantilt og magisk arbeid.

Tittelen "dame" var bare en hengivenhet, en tilbakeholdenhet fra hennes supereksklusive oppvekst.

Hun satte seg på den tomme stolen, vendt mot den mørke alven.

Over hennes herredømmes venstre skulder var en skildring av en alvekvinne som kveles på en minotaurs stive hane, og over den andre et bilde av en menneskelig mann, lenket til et tre mens den ble sodomisert av en mørk alv.

Ut fra menneskets egen holdning å dømme var dette tilsynelatende noe han likte godt, til tross for lenkene.

Cassandra ignorerte begge bildene og holdt blikket festet på kvinnen foran seg.

"Jeg hørte at du er flink," sa hans frue.

Halvdemonen sa ingenting: gitt omstendighetene var setningen ganske tvetydig.

"Ved å skaffe ting uten eierens viten," la Dark Elf Archer til etter en kort stillhet, "ved å gå inn i lokaler der andre foretrekker å ikke bli vanhelliget. Er dette sant?"

"Ja," svarte Cassandra, en enkel faktaerklæring.

Gedren visste det allerede, ellers ville hun ikke være her.

Dark Elf Archer nikket og beholdt sitt hovmodige uttrykk.

Kjolen hennes, hvis den kunne kalles det, var laget av et mørk lilla materiale, men Cassandra mistenkte at skaperen ikke kunne ha vært en vanlig skredder.

Toppen besto av to stykker av det ubeskrivelige mørkelilla materialet, strukket over Gedrens bryster, holdt sammen av en gullbrosje satt med en enkelt rubin ved den store halsen hennes, og også utstyrt med svarte tøystrimler rundt ryggen og over henne skuldre..

Hun hadde også på seg en kappe av et fint, silkeaktig svart materiale som dannet en choker rundt halsen, men hun presset den tilbake for bedre å vise det sensuelle og erotiske ensemblet til resten av kroppen hennes.

Sølvarmbånd dekorerte de bare armene hans, mens biter av svart polstring dekket armene hans, rustningslignende, men tydelig dekorative snarere enn praktiske.

Huden hans var kulsort, glatt og feilfri.

Magen hennes var bar, slank og buet, bare dekorert av en gullfiligrankjede rett under navlen, med en liten dinglende perle.

Under det kom den andre delen av kjolen hennes, to brede stropper av det samme mørkelilla materialet pakket inn mellom bena hennes og nådde til midten av leggene.

De fikk selskap av ytterligere to svarte stropper, en som spenner over de bare hoftene hennes og den andre nederst på lårene.

Den så nesten ut som en skjorte, men likevel gjorde den bena hennes nesten bare.

"Jeg har en oppgave som krever noen av dine spesielle talenter," sa Lady Gedren, "det sier seg selv at ditt skjønn er helt avgjørende."

"Du vil vite at stillhet er garantert med mitt arbeid", svarte halvdemonen.

Det ville Gedren allerede ha sjekket også.

Det var å forvente i denne bransjen.

"Perfekt." Dark Elf Archer svarte med et lett lokkende smil på leppene hennes.

Håret hennes var rent hvitt, som snø, trukket tilbake i en lang hestehale, med løse frynser som rammet inn ansiktet hennes.

Øynene hans var ravgule, men på en eller annen måte kalde som is.

Hun virket ikke som den typen kvinne du ønsket å krysse veien med, men Cassandra hadde jobbet med mange slike mennesker i livet hennes, og det var få mennesker som kunne skremme henne nå.

Gedren korssatte bena hennes sløvt, og viste den glatte, svarte utstrekningen av et bar lår og, sannsynligvis helt med vilje, et glimt av hennes mørkelilla truser.

Hele tilnærmingen hans, måtte Cassandra innrømme, var ny for henne.

Normalt, hvis noen ønsket å imponere henne på hvor mektige og skremmende de var, ville de bruke den underforståtte trusselen om vold.

Dette var første gang noen prøvde å ta motet fra henne gjennom seksualitet.

Men hun var fast bestemt på at det ikke ville fungere bedre enn noen annen tilnærming.

Og det var ikke bare gjennom bruk av dekorasjoner og avslørende klær at Gedren prøvde å få henne til å føle seg ukomfortabel.

Selv i løpet av den korte tiden han hadde vært i rommet, hadde den mørke alvens øyne allerede reist og hvilt på kroppen flere ganger.

Cassandra hadde på seg skinnklær, som dekket hver tomme av huden hennes bortsett fra hodet, men det var ingen tvil om at hun ble mentalt naken.

Som en halvdemon var det en uvanlig opplevelse, og det virket ikke som om Gedren falske ønsket sitt.

Så hvis billedvevene var noen veiledning, hadde hennes smak en tendens til det uvanlige og varierte, men dessverre for den mørke alven hadde Cassandra akkurat nå ingen intensjon om å gjøre det med en annen kvinne.

"Det er noen individer som nylig har returnert til denne byen," fortsatte Lady Gedren.

"De er den typen mennesker som pleier å gå inn i de underjordiske ruinene på jakt etter gull og skatter. Jeg er sikker på at du vet hva slags mennesker jeg snakker om. De er dyktige og erfarne, som alle som må overleve i lang tid. i eventyr".

Cassandra nikket, men ventet på at Lady Gedren skulle fullføre det hun hadde å si.

"Og de har skaffet seg noe, noe som jeg vil at du skal få til meg...".

KAPITTEL IV
VALERIA

45

Valeria gikk opp trappene på baksiden av kart- og kartbutikken.

Onna, butikkeieren, var en hun hadde kjent lenge.

Hun hadde ofte gitt ham interessante dokumenter eller kart for reisen, som hadde ført dem på dramatiske eventyr i nordlandet.

Det siste slike kartet hadde vært spesielt nyttig, og hun fortjente å vite resultatet av det eventyret, så Valeria dro dit kort tid etter at hun kom tilbake.

Hun banket på døren til Onnas leilighet over butikken, og ble belønnet kort tid senere da eieren svarte på døren.

Valeria så at kvinnen var godt kledd, iført en fyldig blå ermeløs kjole med et langt skjørt splitt ned på siden for å vise frem et slankt ben og ankellange støvler.

Et bredt belte festet midjen hennes og fremhevet figuren hennes, og selve kjolen hadde en diamantformet utringning åpen mellom brystene med stropper over de bare skuldrene, der et halskjede av ravstein dinglet i nakken.

Valeria la merke til alt dette og skjønte med en gang at det sannsynligvis ikke var venninnens fritidsklær.

"Har jeg avbrutt deg?" Hun spurte: "Jeg kan alltid komme tilbake i morgen."

Onna så forundret ut et øyeblikk, så ned på seg selv og fulgte alvens øyne.

"Å, ingenting som ikke kan utsettes," sa hun og rødmet litt, "jeg var bare... nei, det er ingenting. Kom inn."

«Hvis du er sikker», svarte Valeria og gikk inn.

Hun hadde vært her før, men ikke så ofte.

De så hverandre vanligvis i butikken.

Onna oppbevarte de beste og mest verdifulle dokumentene her, der de ville være tryggest.

Etter å ha oppdaget at Valerias klienter betalte godt for slik informasjon, hadde disse dokumentene gitt henne verdifulle klienter så vel som vennskap, og hun var blant de få menneskene som hadde tilgang til hennes indre helligdom.

En lang, polstret sofa okkuperte midten av rommet, satt på et rikt blått og hvitt teppe foran en utsmykket peis som på denne tiden av året ikke var tent.

Antikke vaser og kunstgjenstander dekorerte rommet, og viste kvinnens lidenskap for ting fra fortiden.

Bakerst i rommet inneholdt et skrivebord flere pergamentstykker, som tydeligvis var i ferd med Onnas undersøkelse.

"Jeg ville fortelle deg hvordan det siste salget ditt ble," forklarte alvekvinnen, "det var veldig lønnsomt for oss."

"Ja, jeg hørte du var tilbake," sa Onna, "nyhetene reiser raskt. Conan og Snagg var på The Gold Cup for bare to netter siden, og allerede halve byen vet det."

Valeria nikket smilende.

Conan hadde ikke vært tilbake før neste morgen, noe som var nesten uvanlig, og til og med Snagg hadde vært for sent.

Uten tvil hadde de brukt tiden sin på å glede alle som ville lytte.

"Så du kjenner historien allerede?" spurte hun litt skuffet.

"Bare historien på en vag måte; du må fullføre den for meg. Men før det har jeg andre saker for deg. Jeg har kommet over et dokument som jeg tror du kan finne ganske interessant."

"Vi planlegger ikke å gå ut igjen ennå," advarte Valeria henne, "men det er ikke en grunn til å ikke ta en titt, jeg er ok med det."

Hvis dokumentet var nyttig, ville det være bedre å kjøpe det nå enn å risikere å få det solgt til andre eventyrere før de kan få det.

Hun fulgte Onna til skrivebordet og så nysgjerrig på pergamentbitene foran seg.

«Dette er den eneste kopien som finnes,» sa Onna til ham og holdt opp en bunke med eldre ruller. "Det handler faktisk om denne byen, akkurat her. Et eldgammelt dokument, som kom i mine hender ved en tilfeldighet. Det ser ut til å være en fortelling fra noen eventyrere fra svunne tider. De fant noe under byen, i de gamle kildene, tror jeg. Se, det er noen kart her, ganske grovt tegnet, jeg vet, men de ser ut til å referere til noe farlig."

"Ingenting farlig nok til å ødelegge byen på et århundre eller så, ikke sant?" High Elf Archer svarte og smilte.

Onna smilte tilbake, et glimt av hvite tenner.

"Nei, jeg antar ikke. Men det er interessant likevel, synes du ikke? Og akkurat her, så det er ikke nødvendig å "gå" noe sted for å undersøke det. Jeg tror du kan finne det givende å lese."

Valeria nikket: "Jeg er interessert. Vi kan diskutere priser senere."

Selvfølgelig... men det er en siste ting. Noe jeg trenger din hjelp med, faktisk. Jeg kom over et annet dokument nylig. Det er ingen grunn til å anta at det er av spesiell interesse for eventyrere... men, vel, det er på en arkaisk alvedialekt, som jeg har vanskelig for å oversette. For å være ærlig kommer jeg ikke for langt; det er for mange ord ukjent for meg. Hvis du kan se den, og gi meg en ide om hva som er verdt å se nærmere på... Jeg kan kanskje tilby deg en rabatt på denne andre,» klappet hun lett på bunken av kart.

"Jada, hvorfor ikke? La meg ta en titt, så skal jeg se hva jeg kan fortelle deg."

Onna overrakte noen ark pergament, som ikke så like gamle ut som de andre.

Ja, dialekten var veldig arkaisk, og må ha blitt kopiert flere ganger, men manuset var tydeligvis alvisk.

Han så på dem en kort stund, og kvelte deretter en latter, la hånden over munnen for å skjule moroskapet.

"Beklager," sa han, "det er ikke helt hva du tror. Det er egentlig ikke arkaisk ... snarere motsatt, om noe. Men nei, jeg kan se at mange av disse ordene ikke er det du vanligvis ville finne i arbeidet ditt ." Og stilen er ... det er egentlig ikke en jeg er kjent med heller."

Onna rynket pannen og så forvirret ut.

Munnvikene hennes rykket imidlertid i sympati med High Elf Archers moro, men uten å vite hva vitsen handlet om.

"Så hva er det? Er det ikke verdifullt? Fortell meg at det ikke bare er en handleliste, eller noe!"

"Nei, det er ikke det", Valeria hadde det vanskelig å ikke smile.

Det var virkelig ikke venninnens feil at hun hadde kommet over dette.

"Og jeg antar at det kan være verdt noe for den rette kjøperen. Det er bare ... vel, kanskje jeg burde lese litt så du vet hva jeg snakker om."

* * *

Den duftende duften av roser hang i luften, lyset farget de grønne bladene som en berøring av sollys på glitrende vann.

Alvejomfruen ventet på saligheten av utbruddet som skulle varsle en ny daggry, hennes hjerte sang en eldgammel, men ny melodi, et løfte om en fruktbar oppvåkning.

Elskerens pust, så mykt som sommerregn i ansiktet hennes, kysset hennes, løftet om en uavslørt fremtid.

Berøringen av en sommerfugl ville være like søt, som da alvejenta brakte de store, lyse kulene av hennes ønsket elskers bryster til tungen hennes...

* * *

"Beklager, jeg kan bare ikke fortsette!" sa Valeria nå og ler høyt.

"Men jeg tror du skjønner. Dette... dette er i bunn og grunn alveporno. Og stilen er nok mer overdreven selv enn den virker oversatt til vanlig tale. Poetiske hentydninger og så videre... folk leser dette , men ikke Det er en del av hennes vanlige lesning, jeg tror ikke det. Hun vil heller ikke gi meg inntrykk av å være en veldig ekspert på disse lesningene."

Onna, ser det ut til, hadde en ganske annen reaksjon.

Hun virket mer nervøs enn noe annet, med store øyne, selv om munnen fortsatt rykket til et halvt smil, som om hun i det minste kunne se den morsomme siden.

Han åpnet munnen, som om han var i ferd med å si noe, men hun så ut til å tenke bedre over det.

"Ja?" sa Valeria, med mer vennlighet, selv om hun fortsatte med smilet på leppene.

"Men ... eh ... jeg mener, alvejenta i ... eh, sa du ikke 'om kjæresten hennes' ..." Hun trakk seg, nå begynte hun å rødme litt.

High Elf Archer innså umiddelbart kilden til vennens forvirring.

Mennesker pleide å være litt trege til disse tingene.

"Ja," sa hun og så litt mer alvorlig ut nå, "elskeren til 'alvejenta' er en annen kvinne. Uten å lese videre er det vanskelig å være sikker, men det ser ikke ut til å være noen mann involvert i denne spesielle historien ."

"Er det... er det vanlig?"

Onnas øyne var fortsatt store, og nå tok hun tak i siden av skrivebordet med den ene hånden, en bølge av følelser krysset ansiktet hennes.

Hun var tydelig flau over å spørre mer, men samtidig nysgjerrig og ville vite svaret.

"Blant alvene? Ja, det er det."

Et direkte svar virket som den beste måten å håndtere problemet på.

Den menneskelige kvinnen hadde i hvert fall ikke flippet ut, eller reagert negativt.

Hun fortjente i det minste en klar forklaring på det... men Valeria var fortsatt ikke klar over hvor spørsmålene ble rettet.

"Se, i utgangspunktet er vi alver frie mennesker. Sex er en annen opplevelse, noe vi nyter, som en del av vår kjærlighet til naturen; vi binder den ikke til strenge regler og forskrifter. Og den friheten strekker seg til kjønnet til vår partner eller følgesvenn, like mye som noe annet. Og det er ikke bare kvinner; alvenmenn er ofte intime med hverandre på en måte som de fleste menn ikke er. For oss er alt dette virkelig en del av livet." .

"Så..." hun virket usikker på hvordan hun skulle få ut de neste ordene.

De blå øynene hans var festet på Valerias, og hun svelget nervøsiteten litt.

Plutselig var det ganske klart for High Elf Archer hvor alt dette skulle hen.

Og hun ville ikke protestere på dette tidspunktet, hvis bare Onna kunne stille spørsmålet.

"Så..." fortsatte kartselgeren, "virkelig...?"

"Ville han elsket med en annen kvinne?"

Hun visste at hun var sikker på at det var det hun ville spørre nå, og hun ville bare se menneskets reaksjon.

"Ja, det ville jeg. Det er ingenting galt med en mann ... som jeg sa, vi er frie med våre følelser. Men til tross for det er det ingenting som følelsen av en kvinne; de vet alltid hvor de skal røre. Og det Jeg finner det virkelig guddommelig."

Han tok et skritt frem, slik at de bare var centimeter fra hverandre, men Onna gjorde ingen bevegelse, og øynene hennes hadde fortsatt ikke forlatt Valerias.

Han slikket seg på leppene for å fukte dem.

Valeria så på mens vennens rosa tunge gled over leppene hennes.

Brystet til Onna steg og falt nå, godt synlig gjennom den nedringede kjolen.

High Alf Archer lurte nå på om kjolen, tiltalende som den var, var ment for henne å se.

Onna ville ha visst at hun kom...men dette hadde hun tydeligvis ikke forutsett; hans forvirring da han hørte avsnittet lest opp, hadde vært veldig tydelig.

Kanskje hadde hun ønsket det i en dyp del av sinnet, men hadde ikke helt forstått det før nå.

Nå som muligheten bød seg så tydelig som mulig, var hun forvirret.

Onna trakk pusten til, og så, med en stemme som nesten skalv, og knapt var hørbar selv på denne korte avstanden, spurte hun: "Kan du lære meg?"

I stedet for å svare, bøyde Valeria seg fremover, kjærtegnet kartselgerens kinn, og kysset henne så på leppene.

Det var en enkel berøring, men et øyeblikk trakk Onna seg tilbake, usikker på seg selv.

Men bare et øyeblikk var det allerede Onna som tok det neste skrittet, og kysset alve-trollkvinnen som svar, og denne gangen med mer selvtillit enn før.

Leppene deres delte seg, og tungene deres flettet seg sammen mens Valeria presset kroppen hennes mot venninnen sin, og kjente formen på brystene hennes gjennom klærne hennes.

Hun lente seg bakover, kikket inn i ansiktet til Onna, så inn i de blå øynene hennes, kjente det uuttalte indre begjæret etter ordene hennes som hun syntes var så vanskelig å formulere.

Det sandete håret hennes ble trukket tilbake, og etterlot den lange nakken bar, attraktiv.

Valeria førte fingertuppen langs haken til Onna, løftet henne litt opp, og kysset deretter halsen hennes og siden av nakken hennes, den andre hånden rundt kvinnens midje, og kjente den myke varmen fra stoffet.

"Kanskje vi skal flytte til sofaen?" foreslo hun.

Det var et soverom her, et sted, men alven var for ivrig til å kaste bort tid på å gå til det, og hun mistenkte at den menneskelige kvinnen var det enda mer.

Bedre her, i dette rommet som ikke er kjent for begge.

Den andre kvinnen nikket, kanskje tenkte de samme tankene, eller kanskje for spent akkurat nå til å tenke på noe annet.

Onna satt i sofaen, nesten floppet, beina halte.

Valeria smilte og rakte ut for å ta på kvinnens ansikt igjen.

«Ikke bekymre deg», sa hun betryggende, «dette blir gøy».

Hun satte seg halvveis ned i sofaen ved siden av ham slik at de fortsatt stod vendt mot hverandre.

Onna lente seg mot sofaryggen for å få støtte, armene utstrakt, munnen litt åpen, stigning og fall av brystet tydeligere enn noen gang.

En sølvspenne holdt stoffet til kjolen hennes over den diamantformede halsen som Valeria kunne skimte en del av kvinnens hull gjennom.

Hun gled fingeren langs følgesvennens krageben, forbi det smykkede halskjedet, løsnet deretter låsen behendig, trakk de to tøystykkene ned og til siden, og avslørte Onnas bryster.

Den menneskelige kvinnen rørte seg ikke, som om hun var frossen der hun var, og Valeria smilte til henne igjen og strakk seg etter skulderstroppene.

Til slutt beveget Onna armene, som om hun var i transe, og reiste seg litt fra sofaryggen, slik at Valeria kunne senke kjolen fra skuldrene til midjen.

«Du ser vakker ut», sa han ærlig, men kvinnen svarte ikke.

Han kysset igjen, kort, Onnas lepper og tunge, og sa mer med den entusiasmen han mottok kyssene med enn med det han kunne sette ord på.

De bare brystene hennes gned seg nå mot stoffet til Valerias egen kjole, men High Elf Archer bestemte seg for å beholde sine egne klær litt lenger.

Da han avsluttet kysset, så han tilbake på Onnas bryst.

Kvinnens bryster var store, større enn hans egne, men ikke overdrevet utstyrt.

Hun flyttet hendene over dem, kjente glattheten i huden og fikk de rosa brystvortene til å stivne.

Kartselgeren ga et gisp av det, et gledeshyl som steg ufrivillig.

Valerie smilte igjen.

Hun nøt dette, tok seg god tid.

Hun bøyde seg ned for å kysse et bryst og rullet brystvorten under tungen, noe som fikk venninnen til å gispe igjen, hardere denne gangen.

Lidenskapen hans steg nå, ubestridelig, men likevel gjorde han ingen bevegelse mot alvekvinnen.

Valeria kysset det andre brystet, beveget hånden for å slippe det, og reiste seg så.

Onna virket fornærmet et sekund, og ønsket tydelig at gleden skulle fortsette, helt til hun skjønte at Valeria prøvde å kneppe opp kjolen hennes.

I motsetning til den menneskelige kvinnen, hadde hun ikke kledd seg spesielt for i dag, selv om hun i ettertid skulle ønske at hun hadde det.

Hun hadde på seg en lang grønn kjole, kuttet ved kragebenet, men ikke lavere, med lange ermer og en blekgul overdel som viste frem den slanke midjen hennes.

Håret hennes ble holdt tilbake over de spisse ørene av grønne bånd på toppen, men falt løst nedover ryggen og nådde nesten toppen av baken.

Nå løsnet hun låsen som holdt kjolen bak i nakken, og løste armene fra de smale ermene, og la kjolen over hoftene.

Mens venninnen hennes tydeligvis hadde valgt å ikke bruke noe under toppen av kjolen hennes, hadde Valeria fortsatt en slip under seg, myk hvit silke som smigret hennes vakre kurver.

Han kunne kjenne forventningen i Onnas øyne mens han så henne kle av seg, blikket hans beveget seg fra hennes slanke legger og myke grønne sko, langs den silkekledde kroppen hennes til de små brystene hennes.

For å forlenge øyeblikket litt lenger, tok Valeria av seg kjolen og tok av seg skoene én etter én.

Så knelte hun på teppet og kjente det tykke materialet mot de bare knærne.

Han slapp den ene skulderen av slipsen, og så den andre, og presset silken sakte nedover kroppen hennes, for å møtes ved midjen hennes.

Onna gjorde ingen bevegelser for å røre henne, så hun løftet hånden litt mot henne og kysset henne igjen.

Brystene deres berørte, nå uten klut imellom, alvens mindre par bryster som presset mot de større menneskene.

Kartselgeren gispet og trakk seg bort fra kysset, følelsene hennes var altfor tydelige.

Valeria bestemte seg for at hun hadde ventet lenge nok.

Hun la seg tilbake på hælene igjen, og flyttet hendene oppover Onnas myke mage, ertet navlen hennes underveis, så løsnet beltet, la det til side før hun kastet den blå kjolen over kvinnens ben, for å samle vekten hennes. føtter.

Onna sparket på henne, ivrig etter å fortsette, og nå kledd kun i støvlene og et par hvite truser.

Nå senket Valeria trusene til vennen sin og lot dem ligge ved føttene hennes, men ingen av kvinnene beveget seg for å ta av seg støvlene.

Valeria spredte menneskets ben forsiktig fra hverandre og kjærtegnet innsiden av det blottede låret hennes.

Onna grøsset, plutselig sårbar, helt avslørt.

"Du ønsker dette?" spurte High Elf Archer, som allerede visste svaret, men ønsket å høre ordene.

Men Onna var stille, og bare nikket stille.

Hun kjørte fingrene over kvinnens mage igjen, denne gangen nådde hun lenger og strøk det krøllete håret over fitten hennes.

Så knelte hun ned og kysset ham.

Kartselgerens kropp buet seg, og hun ga fra seg et stønn av nytelse, den høyeste lyden hun noen gang hadde laget.

Oppmuntret strøk Valeria med tungen langs hele lengden av kvinnens kjønnslepper og stupte deretter tungen dypt inn i fitten hennes.

Stønnen denne gangen var enda sterkere, lårene krampe seg, og Onna strakk seg ned, strøk fingrene gjennom håret til alvekvinnen og holdt henne mot skrittet.

Valeria fortsatte, gled tungen inn og ut, nøt hver dråpe av menneskets følelser, ertet klitorisen hennes.

Hendene hans kjærtegnet kvinnens lår og bunn, og løftet henne inn i en bedre posisjon for nytelse.

Onna stønnet, klemte sitt eget venstre bryst med den ene hånden og tok tak i hodet til alvmagikeren med den andre.

Hun snakket for første gang, ropte Valerias navn, hoftene skalv.

Mens High Elf Archer fortsatte å sondere, slikke og flikke kliten hennes med tungespissen, kunne hun fortelle at kartselgeren var nær klimaks.

Alle spor av hennes tidligere stillhet var borte nå, hennes stønn av nytelse runget gjennom rommet.

Hun orket ikke så mye mer.

Og Valeria ville ikke at hun skulle gjøre det også.

Med et langt, utstrakt, grøssende stønn, nådde Onna et klimaks, kroppen bøyde seg mot sofaen, føttene med støvlett tromme i gulvet, brystene hev.

High Alf Archer lente seg tilbake og så på kvinnen mens hun peset, med svetteperler nå perler den nakne kroppen hennes.

"Det var... det var..." gispet Onna mens hun kjempet for å få tilbake sin normale pust.

"Det," sa Valeria, "er ikke over ennå. Jeg tror du fortsatt vil ha mer ... og jeg skal gi det til deg."

Hun reiste seg og lot slipsen gli over bena til gulvet.

Den menneskelige kvinnen så nesten ut som om hun følte seg skyldig mens hun gjorde det, men så slikket hun seg på leppene mens hun tok inn nakenheten til alven som sto foran henne.

"Jeg vet ikke om jeg kan..." sa hun og bønnfalt. "Ikke ennå ... du er vakker, Valeria, og jeg vil ... men jeg må trekke pusten."

"Å, jeg tror du er klar nå," svarte hun og bøyde seg ned for å kysse leppene en gang til.

Onna lukket øynene, kysset varte, og bevegelsen av kroppen hennes mens brystene deres berørte igjen overbeviste alven om at hun hadde rett.

Noe som var bra, for hennes egen fitte verket nå, hennes egen nytelse tok for lang tid.

Hun tok Onnas hånd og dro henne til teppet slik at de to lå ansikt til ansikt.

De kysset igjen, kroppen flettet sammen, beina gled mot hverandre.

De klemte, Onna strøk fingrene på den ene hånden gjennom alvens lange, silkeaktige hår, så kjærtegnet henne ryggen, mens Valeria kjærtegnet baken hennes.

Kysset fortsatte, kartselgerens kropp gned seg mot Valerias og brystvortene hennes stivnet igjen.

High Elf Archer slapp henne, førte hånden hennes opp til det ene brystet, og gned deretter en finger over den rosa brystvorten.

"Du ser?" sa hun, "du er mer enn klar igjen. Men denne gangen..."

"Å ja," sa Onna, "jeg vil at dette skal være for oss begge. Jeg har ofte tenkt ... på noe sånt som dette. Hvordan det ville være å være sammen med en annen kvinne, men aldri ... jeg gjorde det Tror ikke jeg skulle få sjansen. Nå ja, jeg vil ikke miste dette øyeblikket."

"Gjør som du vil med meg, uten frykt," svarte High Alf Archer og kysset henne en gang til.

Onnas hender beveget seg, gled rundt magen hennes, og opp til alvens små bryster.

Valeria sukket lykkelig og rullet seg over på ryggen hennes.

Kartselgeren lente seg over henne, kysset kragebenet hennes, kuttet det ene brystet, kjente det mot hendene hennes, men ikke mer.

For å oppmuntre henne førte alveeventyreren sin egen hånd over kvinnens mage, utforsket mellom bena hennes en gang til, og fant leppene hennes fuktige og hovne, og fortsatt innbydende til nytelse.

Onna gispet, så lente hun seg ned for å kysse hver av Valerias brystvorter, tungen hennes våt og ivrig.

"Ja..." mumlet hun, "å ja..."

High Elf Archer svarte med å bevege fingrene innover, og trenge gjennom fuktigheten til kvinnens fitte.

Partneren hennes stønnet og vred seg på teppet, da Valeria hektet et ben gjennom hennes.

Til slutt så det ut til at Onna innså hva kjæresten hennes trengte, og rørte forsiktig mellom alvens ben og kjørte en finger mellom lårene hennes.

Hvor mye kostet den berøringen ham, den provoserende handlingen!

Valeria beveget sine egne fingre inn og ut, gled inn i våtheten til Onnas fitte, og viste kvinnen hva hun selv ville.

Mennesket fordypet seg, tommelen hennes gled over alvekvinnens fitte, inn i søtheten til kjønnet hennes.

High Alf Archer stønnet sakte, oppmuntret henne og beveget hennes egne fingre raskere.

Dette ble for mye for Onna.

Hun rullet over på sin egen rygg, sparket med bena, ristet, raknet opp.

Valeria støttet seg opp på den ene albuen, fingrene pumpet fortsatt inn og ut, mens Onna strakte seg etter et av brystene hennes.

Kvinnen bønnfalt henne nå, gispet og skrek av glede.

Valeria vred seg og la ansiktet inn i Onnas fitte igjen.

Han slikket ivrig på den, pekefingeren gled fortsatt inn og ut av kvinnens fuktighet, og fant kliten hennes med tungen.

Onna skrek, glemte sine egne kjærtegn, den ene hånden tok tak i baken til Valeria og presset nesen hennes mot venninnens mage.

High Elf Archer gikk over henne, det ene låret på hver side av ansiktet hennes, fortsatt slikket og sugde mens fingeren hennes fortsatte å sondere.

Med et siste ordløst skrik, rakk Onna for andre gang, kroppen krampaktig, klemte Valerias rygg, ansiktet hennes nå presset mot en av alvens indre lår.

Bena hennes rykket, og hun stønnet, da eventyrerens lange hår gled over siden hennes.

"Gudinne, jeg beklager," sa mennesket. "Du er så flink". Hun svelget før hun fortsatte: "Men jeg vil ha alt. Nå vet jeg hvordan det føles. Og jeg vil få en annen kvinne til å komme som meg. Jeg trenger bare...jeg trenger bare å vite hvordan jeg gjør det riktig."

"Jeg tror du vet hva du skal gjøre," sa Valeria, "som om du gjorde det mot deg selv."

Han var utålmodig nå, men prøvde å ikke vise det.

"Jeg trenger deg, jeg trenger deg virkelig nå. Jeg kan ikke vente lenger."

Onna strakte seg og vendte ansiktet mot alvens egen fitte.

Valeria kjente fingeren hans gled inn i fitta hennes, gisper igjen da nytelsen begynte å bygge seg opp.

Hun trengte løslatelsen, hun trengte det sårt nå.

Hun vugget hoftene frem og tilbake og gned fingeren mot innsiden av fitta.

Kartselgeren pustet tungt, fortsatt usikker på seg selv.

"Ja, det er greit," klaget High Elf Archer, "ikke stopp."

Onna logret utålmodig med fingeren nå, og Valeria skalv av forventning.

Den menneskelige kvinnens hånd var nå glatt med kjønnet hennes, mens alven kysset innsiden av låret hennes og løp tungespissen over skjedeleppen.

Ved å trykke på tungen slapp kartselgeren et kvalt rop, trakk ut fingeren hennes og tok tak i baken til Valeria med begge hender, og tvang henne til å senke skjeden ned i munnen hans.

Tungen hennes gled inn i alvens fitte, gled uerfaren, til den fant klitorisen hennes.

"Ja, akkurat der!" Valeria skrek og knuste hoftene inn i kvinnens ansikt.

Onna var modig, hennes dyktighet og selvtillit vokste tydeligvis.

Det var alt han trengte, mot.

High Elf Archer kunne ikke lenger snakke.

Hun gispet, skrek kjæresten sin, mens den deilige nytelsen økte.

Hun kom brått, og lårene hennes fanget nesten hodet til Onna.

Det var en eksplosjon, hennes innestengte lidenskap ble utløst i et plutselig øyeblikk, stønnene hennes gjenspeilte stønn fra kameraten.

Bølger av nytelse slo inn i kroppen hennes og etterlot henne blendende blank.

Onna visste nå nøyaktig hvordan det føltes å ha en kvinnes orgasme i ansiktet...

HISTORIEN VIL FORTSETTE I :
BARBAREN CONAN
ANDRE DELEN

Don't miss out!

Visit the website below and you can sign up to receive emails whenever Erika Sanders publishes a new book. There's no charge and no obligation.

https://books2read.com/r/B-A-IGGS-TPFNC

BOOKS 2 READ

Connecting independent readers to independent writers.

www.ingramcontent.com/pod-product-compliance
Lightning Source LLC
Chambersburg PA
CBHW051827130726
47987CB00003B/1434